Elle coule

Isabelle Moulis

Elle coule

Recueil

LE LYS BLEU
ÉDITIONS

ISBN : 979-10-377-6781-3

Et quant à la connaissance de la nature, je veux que tu t'y adonnes curieusement : qu'il n'y ait mer, rivière ni source dont tu ne connaisses les poissons.

Rabelais, *Pantagruel*

Vivre avec, dans, sous l'eau c'est...

C'est l'odeur soufrée de l'écume à l'approche de l'océan, c'est le regard qui se perd dans les profondeurs du bleu en croisant une foultitude de formes et de couleurs, c'est la sensation de cette caresse vivifiante de l'eau qui coule et nous enlace, c'est le goût inimitable du sel séché trop vite sur la peau en ressortant la tête...

Le monde du silence avec bienveillance accueille à lui seul TOUS nos autres sens car contrairement à ce que ces quelques mots tendent à laisser penser, sous l'eau la vie crépite, jacasse, piaille, résonne de mille doux bruits.

Eureka, j'ai trouvé les sens de la vie.

Sophie, faiseuse de bulles,
Aquabulle Plongée Saint-Leu, la Réunion

Nue

Sans oripeaux
Sans fard
Elle coule

Sans sac à main
Sans crème de bain
La peau à l'cau

Les doigts fripés
La chair de poule
Nue

Baiser

L’eau est une résine dure aujourd’hui
Et il pleut
Personne ne se baigne au lagon

Une seule fille en maillot
La peau blanche entre dans l’eau
Le monde est ailleurs

Les poissons timides sont sortis
Les habituels sont introuvables

Deux cheilinus trilobatus
Se donnent un baiser

Couler

Plus elle coulait
Plus elle voulait couler
Elle aurait coulé sa vie entière

Elle tenait longtemps sous l'eau
Elle se plombait
Elle observait

Elle se lavait par le sel
Par l'eau, par les poissons
Elle vivait la mer à l'envers

Erreur de jeunesse

Elle a préféré la plage aux plongées
Le sable aux rochers
La brise de terre aux courants marins

L'horizon à l'espace en trois dimensions
Serviette bikini et torpeur au soleil
Objectif bronzage parfait

Elle a ramassé des cailloux
Des bouts de verre coloré
Des pelotes d'algues

Elle a plongé la main
Pour trier les plus beaux galets
Admirer couleurs et brillance

Une fois la main dans l'eau
les épaules et la tête suivent

Baptême

Elle va faire son baptême
Qui veut y aller en premier ?
Le jeune homme coule

On lui dit mets-toi à l'eau
Tu auras moins chaud
Elle est seule près du bateau

Elle pense aux requins
Elle met la tête sous l'eau
Trente mètres de splendeur

Elle se prend en photo
Tête à l'envers et bulles en haut
Vivement qu'elle coule

Première plongée

Elle n'a jamais cru aux anges
Sauf ces graines légères qui flottent

Elle coule avec son fils cadet
C'est sa première plongée
Le petit groupe s'en va

Ils palment tranquillement
Elle le cherche
Et le voit toujours là-haut

À un mètre au-dessus d'elle
Le soleil lui fait un halo
Un ange dans l'océan

Orientation

Se perdre en ville est rare
En campagne en forêt
En montagne en sentier

Près d'une rivière
C'est facile on suit l'eau
Parfait repère

Sous l'eau pour s'orienter
Il faut tout observer
Les failles les courants

Pas moyen de remonter
À cause des paliers

832

Une fois coulés à soixante mètres
Ils se posent sur le sable
Qui retombe

La monitrice sort sa tablette
Écrit une multiplication
Treize fois le chiffre donné en haut

Qu’il fallait retenir, soixante-quatre
On peut poser le calcul
Ou le faire de tête

Il faut garder toute sa raison
Quand on est si profond
C’est pourquoi on fait opération

Plongée

Après avoir plongé
Elle est ivre
Réalité tanguée

Riche d'un secret
Stupéfiant
Aucune sirène pourtant

Elle a vu des mérous
Une murène
Des poissons-clown

Ignorante

Au début elle ne connaissait rien
Prenait une holothurie pour une murène

Elle ne voyait pas le mouvement
Elle ne savait rien

Elle ne connaissait ni le canthigaster
Ni les poissons-limes ni les ballons masqués

Elle aurait pris un nudibranche
Pour une méduse
Et sa ponte pour un chouchou d'enfant

Elle aurait confondu une murène ruban
avec une anguille
Ce qui est presque pardonnable

Vision – 1

Elle voyait nettement sous l'eau
Nul besoin de lunettes
Sur terre, elle n'y voyait goutte
Elle n'aurait pas reconnu sa mère

Elle voyait même la pluie sous l'eau
Les gouttes picoter la mer
Elle admirait le gazon des algues
Si arrosé et si vert

Elle voyait la houle, les vagues
Le hula-hoop des poissons
Chahutés par les courants
Et leurs bébés transparents

Vision – 2

Le poisson-Picasso est un poisson louche
D'abord, ses taches sont floues
Impossibles à photographier

Ensuite il est agressif
Il mord les orteils
Dès qu'on approche de ses bébés

Il broute du corail
Qu'il recrache en poussière
Par le cul et par la bouche

Ses bébés noir et blanc
Se colorent de turquoise
De jaune, de rouille et d'indigo

Elle les fixe des heures
Arc-en-ciel sur sable blanc
Elle en attrape des mouches aux yeux

Éducation – 1

Elle lui montre des films avec des poissons
Elle la laisse longtemps dans le bain
Elle y plonge des poulpes et des requins
Des baleines, des orques, des dauphins

Elle ne la baptise pas dans une église
Elle l'emmène dans les piscines
Elle lui fait son trousseau
Bonnet, masque, brassards
Thermomètre poisson, t-shirt anti-UV

Elle la soutient dans l'eau
Lui fait goûter le sel, le sable
La chatouille avec des crabes
Elle la coule

Éducation – 2

Elle la lâche et la ressaisit aux aisselles
Elle la tient sous le ventre
Comme on porterait un oiseau

Elle lui met un masque XS vert
Elle le lui enlève et le lui remet
Sans coincer les oreilles et sans pincer la peau

Elle enlève les cheveux du masque
Alors elle lui montre l'autre monde
Habité d'hommes sans têtes

Éducation – 3

Elle l'emmène aux lacs
Regarder les canards
Regarde comme ils plongent

Elle l'emmène au fleuve
Regarder les cormorans
Regarde comme ils plongent

Elle l'emmène en mer
Regarder les pélicans
Regarde comme ils plongent

Le cul pile au-dessus de la tête

Éducation – 4

Elle veut plonger sous l'eau
Elle dit aide-moi
Je veux marcher sous l'eau

Souviens-toi des canards
Cul pile pardessus tête

Elle dit donne-moi la main
Emmène-moi sous l'eau
Tout au fond

Prends ma main et lâche-moi
Si tu as besoin d'air

Elle dit appuie sur mes épaules
Je veux toucher par terre
Je veux avancer sous l'eau

Oui. Respire un peu avant

Éducation – 5

Elle court vers l'eau
Sa mère la repêche
Son père lui colle un poulpe sur le bras

Elle joue à décoller les ventouses une par une
Elle plonge le poulpe, le rattrape
Elle le voit jeter l'encre

Une étoile de mer dort près d'une anémone
Un oursin fait flotter ses podia
Elle voit un congre

Courant

Entre marée haute
Et marée basse
On ne peut pas donner d'heure
La mer décide

Le courant est puissant
Violent, dit le panneau
Planté sur le sable

Prudence braves gens
Le lagon peut vous ravir

Le premier bain – 1

Le premier bain est périlleux
Le courant l'emporte au large
Vers les requins

Elle lutte, elle s'essouffle
Elle ne veut pas crier à l'aide,
Elle, la grande nageuse
Panique fièrement

Elle abandonne
Elle s'évade
Au pire, elle s'accrochera aux coraux
Elle rejoindra d'autres terres

Le premier bain – 2

Elle voulait nager direct
Mais on l'emmène un lagon plus loin
Les fesses dures après onze heures d'avion

Elle coule avec délice
Elle a prévu les palmes
Histoire de revenir

Des poissons volettent
C'est la fête
Une tortue croque du corail

Elle nage à côté d'elle
Elle touche sa carapace
Elle boit ses grands yeux noirs

Retrouvailles

D'un voyage à l'autre
Elle cherche
Les vieilles connaissances

Le chirurgien géant
La murène de velours vert

La demoiselle à
La cicatrice en V
Le labre aimé

Elle coule

Elle s'entraîne à l'apnée dans une piscine privée
Où des couples nagent collés-serrés
Glissant dans les courants artificiels

Accrochée à l'échelle sous l'eau
Elle attend tranquille

Ombre immobile,
Le maître-nageur aboie

Vous pouvez vous entraîner
Mais en dynamique
Si je vous vois bouger, c'est que vous vivez !

Barrières

Au temps des piscines sans barrières
Elle pouvait nager sans entraves
Sans nageurs à queue leu leu

Les piscines piquaient les yeux
Les filles avaient les cheveux verts
À force de couler

Elle enfilait un maillot noir
Coincée dans la cabine
Elle mettait ses yeux de plastique

Prête ! Elle était toujours prête !

Pêche – 1

Elle a un cercle de métal
Un trident un élastique
Un masque un tuba

Elle ne taquine pas les rascasses
Les congres l'effraient
Elle laisse aller un serpent de mer

Elle tend l'élastique et vise
En trois heures elle prend trois poissons
Ils pendent morts, contre sa jambe

Pêche – 2

Elle s'approche d'un pêcheur
Assis les pieds pendants
Il émiette du pain

Lui laissera-t-il tenir sa canne ?

Il attrape un poisson
Qu'il relâche aussitôt
Une vache de mer, dit-il

Je m'entraîne pour un championnat
Mais je ne veux pas tuer
Tu peux t'asseoir

Elle tient la canne à présent
Un poisson mord
Elle le sort de l'eau

Le pêcheur lui pose le poisson
sur les genoux
Elle le regarde sauter dans l'eau

Paroles

Elle parlait sous l’eau
Sa cousine essayait de comprendre
Quand l’autre parlait sous l’eau
Elle ne comprenait rien non plus

À part les pires gros mots
Qui faisaient de grosses bulles
Il n’y a que les obscénités
Qu’on entend bien sous l’eau

Pour les choses délicates, silence

Métaphores

Concombre de mer
Poisson-scie
Requin-marteau
Requin-bouledogue
Requin-tigre
Requin-tapis
Anémone de mer
Étoile de mer
Girelle paon
Poisson-clown
Poisson-trompette
Poisson-lame
Poisson-perroquet
Bardot
Loup
Goret
Grenadier
Poisson-soldat
Requin-taupe

Mulet
Napoléon
Poisson-coffre
Poisson-vache
Poisson-chien
Poisson-chat
Poisson-pilote
Poisson-zèbre
Requin-pèlerin
Requin-taureau
Requin-nourrice
Truite arc-en-ciel
Vieille
Vive araignée

Désir – 1

Elle regardait sur Internet
Une plongeuse caresser mérou
Un japonais câliner murènes
Un noir au cirque faire danser poisson-clown

Elle voyait même un béluga
Ramener portable à un touriste
Elle voyait les richesses
D'échange et de bonheur entre espèces

Les aventuriers marins ont raison
D'inventer mille expéditions
Pour animer leur désir de couler

Quatre mètres

À marée haute
On chercherait l’endroit le plus profond du lagon
On aurait une ficelle pour en mesurer la hauteur

On visiterait les coins reculés
Les bathyscaphes coulés
Les clairières où dorment les diodons

On trouverait en face d’un bar branché
Un poisson-ballon orange et noir
Avec un masque, comme Zorro

Caranx lugubris

Elle croise cent poissons affolés
Un aileron noir paraît : requin ?

Elle sillonne les allées d’eau
L’aileron dressé d’une carangue enfin

Elle la contemple
Carangue lugubre

La bague

À contrecœur, elle part
Il pleut, le jour de son départ
Un samedi

Un touriste écossais
Disparaît du lagon
Ce jour-là

On retrouve son bras
Quatre jours plus tard
Dans l'estomac d'un requin

La main porte une alliance
Que sa femme reconnaît

Métro-boulot-dodo

Comme elle se sent un peu sardine
Dans son métro en citadine
Elle sort son Android

Elle souffle lentement
Comme en plongée quand on descend
Elle coule, elle visionne l'océan

Au travail la pause clope
Pour elle c'est underwater

La nuit en mer
Elle affronte les grandes vagues
Sans rien dessus

Luxe

Tout existe sous l’eau
Les montagnes, les arbres, les chevaux
Les volcans, les fruits, les loups

Les bancs, les tortues
Les serpents, les éponges
Les porcelaines, les bathyscaphes

Les avions, les sous-marins
Les bateaux anciens
Le Titanic, la gourmette de Saint-Ex
Et même des montres Rolex

Sorties

Chaque année elle attend
Le dernier film de requin

Les dents de la mer
En eaux troubles
Instinct de survie
Les dents de la mer 2
Peur bleue
Les dents de la mer 3
Les dents de la mer 4
47 meters down
En eaux profondes
Shark 3D
Mega shark VS giant octopus
La mort au large
Peur bleue 2
Open water 3
Shark week

Shark attack
Shark attack 2
Killing sharks
Dark waters

Quand la mer manque

Elle s'assied en bord de Garonne
Regarde passer les feuilles d'automne
Voit si les poissons grandissent

Elle mange près d'une fontaine
Si elle pouvait
Elle y mettrait la tête

Elle évite les poissonneries
Fréquente les aquariums
Quitte à manger chinois

Illusion

Pour se donner des émotions
Elle longeait le mur du musée
Un mur en briques épique

Ce mur c'était LA vague
L'espoir des surfeurs
La masse d'eau qui fait peur

Parmi les passants inconscients
Elle avançait le cœur battant

Faille

Elle doit longer les rochers
Face à une villa
Pour aller à la faille

Là, elle explore
Des anémones rouges
Et des étoiles orange

Elle cherche un poulpe
Elle gratte le rocher
Des poissons viennent regarder

Si elle casse un coquillage
Pour un atome à grignoter
Tous se tortillent

Seul un poisson-lézard
Propriétaire du lieu
les regarde, digne, fâché

Désir – 2

Quand elle disait à sa mère
Que la mer lui manquait
Sa mère se fâchait

Tu crois qu'à moi,
Elle ne manque pas ?
Elle ne comprenait pas

Pourquoi ne pas y aller dans ce cas ?
On lui donnait à manger et à boire
On l'habillait on l'éduquait

Et pour le désir de mer ?

Premier requin

La plage de sable
Une grande faille
Mille poissons

Elle nage vers le large
Dans un pays à deux saisons

Elle regarde sous l'eau
La lente nage d'un requin

Tranquille ondulation
Beauté folle

Hauts-fonds

Quand le fond de la mer monte
Cela crée des hauts-fonds
Des nageurs s'y reposent

Des bancs de saupes et d'oblades
Vivent là, des girelles aussi
C'est un endroit très réussi

Quand la houle tape
Les vagues sont fortes là
On peut y perdre son tuba

Par temps plus calme
Elle y explore les failles
Et tente des selfish

Photos

Le sourire des poissons
Se voit sur les photos

Et l'extase
D'un rouget à la verticale
Un labre lui lisse les ouïes

L'hésitation des bébés coffres
Adorables coccinelles
Dés jaunes à pois noirs

Et l'amitié d'un labre
Qui la rejoint bouche bée

Caméras

Elle a noyé les étanches
Oxydé les sophistiquées
Usé jusqu'au métal les sécurisées

Elle a lu les batailles d'experts
Les lettres argumentées
Des services consommateurs
La colère des forums d'aquanautes

C'est pourtant pas la mer à boire
Elle veut du pixel qui résiste au sel
Et distingue le poisson vif

Selfish – 1

Elle voulut sous l'eau un selfie
Mais toujours s'incruste un labre
Dans le cadre

Peine perdue dès qu'elle clique
Le poisson apparaît

Même avec le retardateur
Le labridé fait face

Elle appela cela des selfish
Et commença une collection
Délicieusement égoïste

Selfish – 2

Elle prenait des selfish
Qu'elle regardait tard dans le noir

Elle était sous l'eau
Accompagnée

Vif

Le poisson se dessine de profil
Nageoires bien alignées
Rien de plus imbécile

Dans l'océan il grogne, se tortille
Il ouvre ses nageoires en éventail
Il se recroqueville

Il se fait boule, torpille, diagonale, virgule,
Il ondule, il tremblote, il engendre
Il mord, il dévore, il décore

Cône

Le cône invisible des murènes existe
Ne pas y stationner
Sous peine d'attaque

Pour s'approcher d'une murène
Rester en dehors du cône

Elle aime observer les murènes
Leurs dents blanches et pointues
leurs yeux dorés, leurs trous de nez

Leurs cônes

Canthigasters

Ils vont par deux
Les canthigasters

Elle aime les surprendre
Contourner le rocher
Les retrouver

Ils sont beaux bien coiffés
La raie au milieu
Un habit bigarré

Ils longent les coraux
Chassés par les territoriaux

Labre-oiseau

Le labre-oiseau est plus rapide
Que les autres poissons

Sa queue émeraude
Balaye la mer

Vermiculé

Timide intéressé
Discret, vif
Un nouveau labre apparaît

Une fois apprivoisé
Il reste là tout près
On fait des selfish

Oeil brillant
Bouche entr'ouverte
Sexy

Zigzag

Vert et rose sur le dos
Il exhibe son zigzag
Sur un habit pâle

En bon labridé
Il ondule, il se régale
La vie est un bal

Sur les selfish
Il mime la bise
Cool

Échiquier

Corps échiquier
Queue arc-en-ciel
Œil écarlate

Le labre échiquier
Promène sa splendeur
En cascadeur

Sur l'instantané
Il éclaire ses attraits
Pose

Labre de Noël

Corps feu et vert
Tête orange lèvres ciel
Nageoires turquoise

En lignes droites il trace
Mesure l'espace
Dessine le mot de passe

Flamboyant invisible

Taches d'encre

Son labre préféré
Son bolide sa fusée
Toujours prêt

Sa girelle paon
Son chenapan
Sa photobombe

Dans l'Océan Indien
En Méditerranée
Toujours prêt toujours près

Clown

Fi des mignons
Parlons des labres clowns
Transsexuels transformistes

Le juvénile pastillé d'orange
Devient une femelle grise
Puis un énorme mâle vert bleu

Qui porte bosse au front
Et ceintures turquoise

Il visite son royaume
Elle le suit

Décibels – 1

Loin du téléphone, des textos
Loin de l'enfer des mails

Nul bavardage
Personne ne parle trop
Sous l'eau

Elle coule
Chaque seconde

Décibels – 2

Les métros crient
Des travaux beuglent
Ses collègues hurlent

Les téléphones insistent
Des portes claquent
Une sirène meugle

Le nudibranche pond
Sa descendance dans le lagon
Ensuite, il l'abandonne

Naufrages

Elle coule tous les Optimist
À croire qu'elle le fait exprès
Une voile mouillée pèse une tonne
Un bateau couché ne vaut rien

Une fois coulée, autant profiter
Les jambes dans l'eau, elle patiente
Les sauveteurs vont arriver
Elle a chaud, elle a son gilet

Qui lui reprocherait de jeter un œil
Sous la ligne de flottaison ?

Papa

Aucun des hommes qu'elle aime n'est fou de mer

L'ami d'enfance aime la montagne
Il grimpe seul ou à plusieurs
La mer l'ennuie, la foule le décourage
Il envoie des photos sur les sommets

Les autres amis aiment marcher
Campagne montagne tout est bon
La mer les indiffère, ils préfèrent les cailloux
Comme si sous l'eau ça manquait

Son compagnon ne surfe guère
Il sillonne le pays à vélo
s'il accepte de l'accompagner en mer
C'est plutôt au-dessus qu'en dessous

Heureusement ya Papa

Pirate – 1

Il ouvrait ses placards
Pour admirer ses collections
Tubas masques chaussons de mer

Couverts cuillères
Draps de bain bleus
Une Rolex qu'il aimait porter

Trésors pris à la mer

Pirate – 2

Il plongeait à dix mètres
Cueillait l'oursin à la fourchette
En truffait son filet

Il ressortait vainqueur
Le filet gros d'oursins
Qu'il découpait aux ciseaux

Dégustation à la cuillère
Festin !

Tradition

Elle invente des traditions.
Le jour de son départ
Elle offre festin aux poissons

Le plus simple
Est de sacrifier un oursin
Elle l'explose au caillou

L'échinoderme attaque
Légitime défense

Elle plonge son doigt dans l'alcool
Transportant son pouce dans un verre
Des piquants en elle

Elle comporte de l'oursin

Vision – 3

Elle voyait les invisibles
Les discrets, les rapides
Les poissons fantômes

Elle avait ouvert les yeux
Elle s'attaquait au dur

Elle voyait sous la vague
Les poissons invisibles
Flirter sous la surface

Poulpe – 1

Un poulpe rose et gris sur le rocher
Frisant la ligne d'eau
Elle le cueille

Il s'élance et s'enfuit
Elle le rattrape
C'est maintenant la guerre

Il se fait alien
Il se fait bombe
Il se fait torpille

Elle coule avec lui
Il tente la transparence
Elle ouvre les mains

Ses tentacules l'envoient au loin
Il part sans jeter l'encre
Sans peur

Poulpe – 2

Sous l'eau elle entend des cris
Lève la tête
Des femmes paniquent

Près de leurs pieds un poulpe
Les suit
Elle tend la main

Il enroule un tentacule
sur son doigt
Ensemble

Tentacules

Elle a reconnu l'œil du poulpe
Tapi sous un corail
Le type boude

Elle vient le titiller
Guili-guili, tape-m'en huit
Tentacules

Le lendemain coucou
L'entrée est sécurisée
C'est beau un mur de corail

Légèreté

Pour être plus légers
Et plus vite s'échapper
Les poissons se lâchent

Bouts de coraux
À peine croqués
Sont expulsés en poudre

Par le cul et par la bouche
Cela fuite de tout côté
Et les voilà fusées

Perroquet

Le poisson-perroquet
File un peu penché

Elle respecte sa peur
Au supermarché
Les perroquets congelés

Même sous sachets glacés
Restent colorés

Liste au père Noël

– Une vessie natatoire ;
– Des branchies ;
– Une queue ;
– Des nageoires ;
– Une ligne latérale ;
– Une robe irisée ;
– Quelques ventouses ;
– Une fente avec une lame rétractile ;
– Une corne au milieu de la tête ;
– Une mémoire de la topographie marine ;
– Un sens de l'odorat puissant ;
– Une voix pour grogner et chanter ;
– Du sang froid.

Pieds

Dans l'eau tout est beau
Les pieds sont fins
Les orteils bougent

Les poissons jouent
dessus dessous
Pieds et poissons se parlent

les poissons aiment les pieds
Et si elle palme
Éventail

Méduse

Elle portait sur le mollet
Un contour organique
Tentacule ou filament

Quand on la suivait
On regardait médusé
Le dessin bouger

Elle aurait voulu le même
Sous le creux poplité
Quelque chose d'agité

Mieux qu'un tatouage
Un marquage marin
Signature de méduse

Aux murènes ! – 1

Un ventre rond des petites jambes
C'est comme ça qu'elle le voit sous l'eau
L'homme qui aimait les murènes

Elle sort la tête, il l'invite
Allons visiter les murènes !

Le type est équipé
Chaussures, body
Boîte de crevettes

Pince à linge
Pour tenir la crevette
Quand la murène fonce dessus

Elle voit une murène gribouillée
Une violette aux yeux dorés
Une, vert profond comme du velours

Aux murènes ! – 2

Madame veut jouer ?
Plouf !
L'homme lui jette un gant rose

Évidemment qu'elle ose !
Il lui donne des crevettes
Qu'il extrait de sa boîte

Elle ouvre sa main gantée
Sous l'eau, elle se rince l'œil
De la foule des poissons

Sœurs

Les deux sœurs aiment couler
La petite plus profond encore

Quand elles se voient à terre
Elles matent des films de vague

Tsunamis, volcans sous-marins
Requins, fins du Monde
Tout est bon

Plancton

Elle croque des biscuits au plancton
Elle boit de la spiruline
Admire l'arbre à algues

Quant au plancton temporaire
Échinodermes, poissons, vers
Elle le vénère

De ses ruses orientales
Voiles, plumes, flotteurs
Il lutte contre courants

Poussée d'Archimède,
Forces de friction, photobioréaction
Il a tout inventé, le plancton

Rêve – 1

Un pas de plus est franchi
À présent elle rêve de poissons

Un ami plongeur descend
Dans les profondeurs sombres

Le poisson entraîne l'homme
Elle voudrait tant...

Rêve – 2

Invitée à la fête
Elle amène son ami poisson
Il nage autour d'elle

Sur les tables c'est festin
La maîtresse de maison
Regarde le poisson

Le regarde comme un mets
Et non comme un ami
Voilà c'est toujours comme ça

Spot

Les lieux l'attachent peu
Sauf sous-marins

Revoir telle faille
Tels hauts-fonds
Y revenir

Pour repérer l'endroit
Elle lance des lignes droites
Vers la surface

Angle ouest de la bâtisse
Prolonger dix brasses
Couler deux hauteurs

Fin

L'ennui dans la mort
Est de ne plus couler
Aussi doit-elle en profiter

Tant qu'elle a corps
Yeux pour observer
Pieds pour palmer

Cerveau à organiser
Toutes les coulées
Plus précieuses que l'or

Amour

Je te masque
Je t'ancre

Je te plonge
je te saute

Je te plombe
Je te palme

Je te coule

Vertige

À l’abri de l’eau elle lit
Elle lit que l’eau coule
L’eau froide, l’eau dense

L’eau coule au fond
Ce trouble, si
L’eau elle-même coule

Présente

Ni à l'affût
Ni à couvert
Elle se coulait

Elle restait là
Elle regardait
Prête à l'oubli

Le corps léger
Les cheveux vagues
En place.

Table des matières

Imprimé en France
Achevé d'imprimer en août 2022
Dépôt légal : juillet 2022

Pour

Le Lys Bleu Éditions
40, rue du Louvre
75001 Paris